RECUEIL

DE

CHANSONS

NOUVELLES

ET INÉDITES,

PAR ÉDOUARD FREMANGER,

De Louviers (Eure).

<hr>

LES ASTRES DE LA NUIT.

Air du *Couvre-feu*.

Phœbus s'enfuit, disparaît à nos yeux,
L'antique nuit étend ses sombres voiles,
Vesper paraît, et soudain les étoiles
De tous côtés illuminent les cieux.

O faibles humains,
Quand ces feux divins
Éclairent la voûte éternelle,
Pour honorer l'essence immortelle,
Au roi des rois offrez donc vos vœux.

Pour remplacer la lumière qui fuit,
Phœbé bientôt entre dans la carrière;
A son aspect, à sa démarche altière,
Tout reconnaît la reine de la nuit.

O faibles, etc.

1830

Auprés d'elle tous ces astres nombreux
Qui du chaos confondent la puissance,
Ont quelques droits à la reconnaissance
Que les mortels doivent avoir pour eux.

O faibles, etc.

Sans leur clarté, peuples de l'univers,
Nul ne pourrait observer la nature;
Aussi du Ciel admirant la parure,
Répétez tous en langages divers:

O faibles, etc.

La fête de ma Grand'Mère.

Air du vaudeville des *Chevilles de maitre Adam.*

Sylphes joyeux amis de la jeunesse,
Accourez tous, sur l'aile des plaisirs;
Venez sur nous répandre l'allégresse,
Venez combler nos vœux et nos désirs.
Docte Apollon, à ma muse légère,
Oh! viens dicter des sons gais et touchants.
Pour vous fêter, quand nous chantons, grand'mère,
Daignez sourire à vos petits enfants.

De vos bienfaits conservant la mémoire,
Je voudrais bien les chanter tour à tour;
Je voudrais bien, oh! vous pouvez m'en croire,
Célébrer celle à qui je dois le jour;
Mais, pour tracer vos dons que je révère,
Ma muse dit qu'il faudrait trop longtemps.
Pour vous fêter, quand nous chantons, grand'mère,
Daignez sourire à vos petits enfants.

O descendants de la même famille,
A mes accents venez joindre vos vœux.
A nos cotés que la gaîté pétille,
Que le plaisir anime tous nos jeux;

Pour récréer nos parents sur la terre,
Répétons tous, en brûlant de l'encens :
Pour vous fêter, quand nous chantons, grand'mère,
Daignez sourire à vos petits enfants.

LE PRINTEMPS.

Air : *L'encens des fleurs embaume cet asile.*

L'Aquilon fuit; pour fêter la nature,
De doux parfums s'exhalent de nos champs.
Tout l'univers se couvre de verdure,
Oui, tout bénit le retour du printemps.

    O belle Flore,
    Que de plaisirs,
    Tu sème encore
    Au souffle des Zéphirs !

La violette, une fleur immortelle,
De son encens parfume nos bosquets ;
La rose éclot, déjà plus d'une belle,
D'un frais bouton rehausse ses attraits.
    O belle Flore, etc.

Le mouton paît dans la verte prairie,
Le papillon voltige sur les fleurs,
Tyrcis, assis sur l'herbette fleurie,
Chante l'amour et ses douces faveurs.
    O belle Flore, etc.

Dans les ormeaux, l'oiseau, sous la feuillée,
A ses concerts, oui, donne un libre cours;
Et le chantre de cette gent ailée,
Le rossignol, répète tous les jours :
    O belle Flore, etc.

Tout rend alors au roi de la nature
Un hommage justement mérité;
Au fond du cœur le fier humain murmure
Cette prière à la Divinité :

O belle Flore, etc.

L'ÉTÉ.

Air du *Carnaval* de Meissonnier.

Sur nos têtes la chaleur se condense.
Le Dieu du jour vient dessécher nos champs:
L'Eté, tenant une faux pour balance,
Va profiter de ses rayons ardents.
La terre alors entr'ouvre sa surface,
Et la foudre gronde dans le lointain.
Le roi des rois à tout mis à sa place,
Tout respecte son ordre souverain.

Quand le soleil échauffe la nature,
Pomone voit mûrir ses premiers fruits;
Cérès aussi voit croître sa parure,
Les légumes devancent les épis.
Dans nos vallons, un autre don remplace.
Celui qui va disparaître demain.
Le roi des rois a tout mis à sa place,
Tout respecte son ordre souverain.

Le laboureur prépare sa faucille,
Car les épis lèvent leurs fronts aux cieux.
En les coupant, partout la gaîté brille,
De tous cotés j'entends des chants joyeux.
Malgré Phœbus qui vient brunir sa face,
Le faucheur chante en recueillant son grain :
Le roi des rois a tout mis à sa place,
Tout respecte son ordre souverain.

L'AUTOMNE.

Air : *Muse des Scythes et des Amazones.*

Phœbus entre dans la Balance,
Ce signe appelle les festins,
A sa voix l'Automne s'avance,
En nous présentant des raisins.   (bis.)
A ses côtés, le grand dieu de la treille
En fait couler un jus délicieux;
Verse, ô Bacchus, de ta liqueur vermeille,
Oui, verse—nous ce vrai nectar des dieux,
Verse-nous ce vrai nectar des dieux.

Peu de temps avant la vendange,
La loi permet à nos chasseurs
De composer une phalange,
De se placer en tirailleurs.   (bis.)
Perdrix et lièvre à table font merveille,
Mais quand on peut les mouiller de vin vieux ,
Verse, ô Bacchus, de ta liqueur vermeille,
Oui, verse—nous ce vrai nectar des dieux,
Verse-nous ce vrai nectar des dieux.

L'Automne siége sur son trône;
Quand le souffle des Aquilons
Exile au loin Flore et Pomone,
Pour dominer dans nos vallons,   (bis)
De froids brouillards vont obliger l'abeille
A ne plus voir le bel azur des cieux.
Verse, ô Bacchus, de ta liqueur vermeille,
Oui, verse—nous ce vrai nectar des dieux,
Verse-nous ce vrai nectar des dieux.

Faibles mortels, quand la nature
Couvre la terre de frimas,
Songez que mainte créature
En grelottant redit tous bas: (bis.)
Dans les salons si le riche sommeille,
Le pauvre, hélas ! ne peut dire en tous lieux:
Verse, ô Bacchus, de ta liqueur vermeille,
Oui, verse-nous, ce vrai nectar des dieux,
Verse-nous ce vrai nectar des dieux,

L'HIVER.

Air : Muse des bois et des accords champêtres

L'arbre jaunit et reste sans verdure,
L'herbe des champs se fane sous nos pas,
Un ciel brumeux assombrit la nature,
Le vent du nord amène les frimas;
Dans les bosquets où chantait Philomèle,
L'hiver étend son sceptre nébuleux,
Et sur nos toits où la neige étincelle,
Phœbus répand un jour peu lumineux,

Les Naïades sous la glace homicide
Vont se cacher au fond de leur palais,
Sans rien craindre, sur la plaine liquide
Le patineur voyage désormais
Sur l'arbre altier, au bord d'une tourelle,
Je vois paraître un sucre merveilleux.
Et sur nos toits où la neige étincelle,
Phœbus répand un jour peu lumineux.

Du haut des cieux, séjour de la lumière,
Quand la neige vient blanchir nos ormeaux,
Le carnaval voyage sur la terre,
Le dieu Comus agite ses grelots;
Sur le verglas Paillasse nous appelle,
Je vois glisser tous nos types joyeux;
Et sur nos toits où la neige étincelle,
Phœbus répand un jour peu lumineux.

C'est dans l'hiver que souffre l'indigence,
C'est dans l'hiver qu'existent les plaisirs;
C'est dans l'hiver où je vois l'opulence,
Dans les salons attendre les Zéphirs;
Aux bals joyeux où l'amour se révèle,
Notre cœur bat sous son poids amoureux,
Et sur nos toits où la neige étincelle,
Phœbus répand un jour peu lumineux.

LE LEVER DU SOLEIL.

Air : *O pâtres, quittez vos bruyères.*

Filles du jour, brillante Aurore,
Tu brille à peine dans les cieux,
Que Philomèle, qui t'adore,
Répète dans ses chants joyeux :

(Refrain)   L'univers bénit ta présence,
           Flambeau lumineux du roi divin,
           Et tout redit, en chantant ta naissance :
           Gloire immortelle au maître du destin'

Dans des flots d'or et de lumière,
Phœbus paraît avec éclat,
La nature, brillante et fière,
Vient redire à son potentat :

    L'univers, etc.

Voyez, humains, dans la vallée,
L'oiseau bénir le Créateur ;
Son chant d'amour, sous la feuillée,
Devrait bien toucher votre cœur.

    L'univers, etc.

Oui, tout renaît dans la nature,
Quand paraît la fille du jour ;
Les bois, les champs, par leur verdure.
Semblent répéter tour à tour :

    L'univers, etc.

LA CONFESSION D'UN GUEUX.

Air de la *Cinquième édition.*

Je n'ai pour tout bien qu'un habit
Dont mainte couture indiscrète
Laisse voir, le jour et la nuit,
L'état piteux de ma toilette ;

Ma culotte est de cent morceaux,
Ainsi que ma vieille chemise;
Mes souliers s'en vont en lambeaux.
Je suis gueux comme un rat d'église.

On voit aussi dans mon tau dis
Des objets dignes de mémoire :
Une chaise, uu mauvais tapis,
Une planche qui s'crt d'armoire:
Pour compléter mon mobilier,
Un grabar, une cruche grise;
Avec cela, pas un denier,
Je suis gueux comme un rat d'église.

Mais qu'importe la pauvreté,
Pourvu qu'au sein de la sagesse
Je puisse au dieu de la gaîté
Offrir gaîment mon allégresse,
Lui répéter, pour tout refrain :
Jamais, grand dieu ! je ne me grise;
Dans l'eau j'ai noyé le chagrin,
Je suis gueux conmue un rat d'église.

Quand la Parque, de son ciseau,
Viendra terminer ma carriére,
Je veux, jusqu'au bord du tombeau,
Chanter en fermant la paupière;
Bien plus, dans la barque à Carou,
Je s'aurai dire avec franchise :
Pour ton paiement, prends ma chanson,
Je suis gueux comme un rat d'église.

LES BALLONS.

Air : *Bon voyage, cher Dumolet.*

Dans nos pays, où fleurit l'industrie,
Chemins de fer, vous fuirez à sa voix,
Car les beaux—arts aimés dans ma patrie,
Viendront, dans peu, vous réduire aux abois   (bis.)

Bientôt portés dans des ballons,
Dieu nous verra voyager dans l'espace,
Bientôt portés, dans des ballons
Dieu nous verra braver les tourbillons.

Quand la vapeur brisait mainte voiture,
Elle donnait un essor au progrès,
Et maintenant pour finir l'aventure,
Au haut des cieux nous irons désormais !   (bis.)

    Bientôt, etc.

Pour découvrir des terres inconnues,
Que de marins ont trouvé le trépas !
Nous, plus heureux, montant au haut des nues
Nous craindrons peu l'écueil et les frimas.

    Bientôt, etc.

Enfants des cieux, pures intelligences,
Vous que l'on dit habiter dans les airs,
Ah ! secondez nos justes espérances,
Quand nous chantons en chœur dans l'univers :

    Bientôt, etc.

LA FOIRE DE LA SAINT-ROMAIN.

Air : *Ronde de la ferme et du château.*

Bientôt, sur les bords de la Seine
Où se trouve Rothomagus,
Je pourrai voir ma coupe pleine
Et dire en chantant les vieux us :
En tout temps la gaîté volage
A toujours fait notre partage;
Plaisirs, mettez nos cœurs en train,
Corrompez l'âme la plus sage,
Plaisirs, mettez nos cœurs en train,
C'est la foire de Saint-Romain.

On promenait jadis la châsse
De l'archevêque de ce nom;
Un condamné, sûr de sa grâce,
La portait au bruit du canon;
Sur ses pas, manants et noblesse
Chantaient tous, en formant la presse :
Plaisirs, mettez nos cœurs en train,
Vivent les saints et l'allégresse,
Plaisirs, mettez nos cœurs en train,
C'est la foire de Saint-Romain.

Ce tableau rappelait sans cesse
Que le plus grand de nos prélats
Avait vaincu, par sa sagesse,
Un monstre comme on n'en voit pas;
Je veux parler de la Gargouille,
La peindre !...Cela m'embarbouille.
Plaisir, mettez nos cœurs en train,
Ne soyons pas comme Gribouille,
Plaisirs, mettez nos cœurs en train,
C'est la foire de Saint-Romain.

On ne voit plus de procession,
Mais beaucoup de faiseurs de tours,
Qui, profitant de l'occasion,
Du monde amusent le concours;
Vu que , des campagnes voisines,
On vient voir cousins et cousines,
Plaisirs, mettez nos cœurs en train,
Au diable les mines chagrines,
Plaisirs, mettez nos cœurs en train,
C'est la foire de Saint-Romain.

Ainsi, de tout temps l'on s'amuse,
Mœurs et lois changent bien souvent,
C'est ce qui fait dire à ma muse
Que tout cela n'est que du vent.
Mais, pour passer gaîment la vie,
Près d'une table bien servie,
Plaisirs, mettez nos cœurs en train,
Et loin de nous chassez l'envie,
Plaisirs, mettez nos cœurs en train,
C'est la foire de Saint-Romain.

Au bout du fossé la culbute.

Air: *N'en demandez pas davantage.*

C'est au pauvre, dans l'univers,
Que le malheur cherche dispute;
Il éprouve cent maux divers,
Son trépas seul finit la lutte;

    Aussi dans ce cas,
    Je dis : Ici-bas,
    Au bout du fossé la culbute.

Regardez-moi ce cœur d'acier,
Cet avare qui vous rebute,
Et qui, toujours sur du papier,
Compte son or et le suppute.

    Ce fils de Plutus
    Ne veut rien de plus,
    Au bout du fossé la culbute.

Quand sous les traits de la beauté,
Cupidon, qui nous persécute,
Nous mène en ce lieu tant vanté,
Où l'hymen finit la dispute,

    Offrons en ce jour
    Nos vœux à l'amour :
    Au bout du fossé la culbute.

Voyez enfin le genre humain,
Qui rit, qui boit, ou qui discute;
Souvent il médit son prochain,
Et vous dit, quand on le réfute :

    C'est la vérité
    Que j'ai répété :
    Au bout du fossé la culbute.

Quand le temps, sa faux à la main,
Me criera : Que l'on s'exécute,
Et que ce vieillard inhumain
Me glacera dans la minute,

    Je veux, à Caron,
    Dire en bon luron :
    Au bout du fossé la culbute.

Ayez pitié du pauvre Chansonnier.

Air: *Dis-moi, soldat, dis-moi, t'en souviens-tu.*

Non, la raison n'a plus sur moi d'empire,
Mon temps se passe à faire des chansons.
Pour compléter ensuite mon délire,
A l'imprimeur je donne ces vains sons.
O ma muse, tu n'es pas politique,
Contente-toi d'habiter mon grenier.
Non, réponds-tu! ... C'est la place publique,
Ayez pitié du pauvre chansonnier.

Tu ne veux plus loger dans la chambrette
Où la gaité me dictait des refrains;
L'écho te plaît, mais souvent, ma pauvrette,
Il engendre d'innombrables chagrins;
Vois ces auteurs, morts avant que de naître,
Qui de leurs vers n'auraient pas un denier,
Ils sont sifflés, et voilà leur bien-être.
Ayez pitié du pauvre chansonnier.

Je t'obéis, ô muse téméraire,
Aux critiques je livre mes couplets.
Mais dicte-moi ce qui me reste à faire,
Si quelque fois j'éprouvais des regrets,
Lors du public, j'implore l'indulgence,
En lui disant: C'est mon premier cahier,
Et vous, chanteurs, laissez-moi l'espérance,
Ayez pitié du pauvre chansonnier.

E. FREMANGER.

Rouen.—Imp. Vᵉ A. Surville, rue des Bons-Enfants, 46.

RECUEIL
DE
CHANSONS
NOUVELLES
ET INÉDITES,
PAR ÉDOUARD FREMANGER,
De Louviers (Eure),

LE DÉPART DU CONSCRIT.

Air: *O mont Saint-Jean.*

J'entends la trompette guerrière
Qui me dit de quitter ces lieux,
Pour me ranger sous la bannière
Qui toujours guida mes aïeux.
Clio, rappelle à ma mémoire
Que Mars les couvrit de lauriers.
Et qu'il faut gagner la victoire
Pour aller revoir mes foyers
   Revoir mes foyers.

Adieu mon père, adieu mère chérie!
Je vais au champ d'honneur défendre ma patrie.
Adieu donc mes chères amours! }Bis.
A vous, à vous je penserai toujours. }

Mon bras, pour défendre la France,
Est armé par la liberté,
Dans les combats l'indépendance
Nous guide à l'immortalité.
Nicée à la face du monde
Agite sur nous son flambeau.

1851

Tout dit sur la terre et sur l'onde
Honneur et gloire à ce drapeau,
   Gloire à ce drapeau.

  Adieu mon père etc.

  Des pleurs mouillent votre paupière,
Mais bientôt, pour sécher vos yeux,
J'espère dans cette chaumière
Reparaître victorieux.
Dans un jour vanté par l'histoire
Si je trouve enfin le trépas,
Parlez quelquefois, de ma gloire
Et surtout ne me plaignez pas.
   Ne me plaignez pas.

  Adieu mon père, adieu mère chérie!
Je vais au champ d'honneur défendre ma patrie
Adieu donc mes chères amours!   } Bis.
A vous, à vous je penserai toujours. }

L'ERUPTION DU VOLCAN,

Ou le Champ des enfants pieux.

Air des feuilles mortes.

Abandonnez ces lieux, enfants de la Sicile,
Car le volcan mugit là-bas dans le lointain.
Bientôt un lac de feu dans la plaine fertile
Va se creuser un lit et remplacer le grain.
Je vois sur son piveau notre île vacillante;
Sous l'Etna le Titan s'agite de nouveau.

Fuyez, fuyez, fuyez, ou la lave brûlante
Pourra bien, citoyens, vous servir de tombeau
Pourra bien citoyens (bis) vous servir de tombeau.

  Mais ce n'est pas assez que la flamme dévore
Les temples, les maisons d'une antique cité;
L'épouse d'Uranus vient seconder encore
Les transport furieux d'Encelade irrité;

Elle entr'ouvre son sein, et sa bouche béante
Engloutit les débris, vomit des nappes d'eau.
      Fuyez, etc.

A quitter ses foyers déjà chacun s'apprête.
L'un emporte cet or dont il a fait ses dieux;
De meubles d'un grand prix l'autre charge sa tête.
Tout fuit dans le vallon sous la voûte des cieux;
Mais souvent, bien souvent, la flamme dévorante
Consume les fuyards chargés d'un lourd fardeau.
      Fuyez, etc.

Dans Catane bientôt règne la solitude,
Tout a fui d'un séjour qu'habite le trépas;
Deux frères sont restés remplis d'inquiétude:
Les auteurs de leurs jours ne pouvant faire un pas.
Au seuil de leur maison, ô viellesse impuissante !
Ils répètent tous deux en bravant le fléau.
      Fuyez, etc.

Soudain à cette vue Anphinone et son frère
Rejettent bien loin d'eux les vils dons de Plutus;
L'un enlève son père et l'autre prend sa mère
Mais c'est pour leur fardeau qu'il redoutent le plus.
De feux de cent couleurs l'auréole brillante
Eclaire en l'admirant ce saisissant tableau.
      Fuyez, etc

Dieu dirige leurs pas au milieu de l'orage;
Ils vont loin du danger déposer leurs parents.
Le Sicule ravi, touché de leur courage,
Nomme aussitôt ce champ, champ des pieux enfants
Clio vante ce trait et d'une voix touchante.
Redis en l'entourant d'un immortel flambeau.
      Fuyez, etc.

L'ORGUEIL.

Air du Dieu des bonnes gens.

Dans ce bas monde, où s'écoule la vie,
Je vois le vice éclore parmi nous;

Toujours par lui la raison poursuivie
Laisse l'humain tomber à ses genoux.
Les passions, filles de l'imposture,
Savent régner dans le cœur des mortels.

   Maître absolu dans mainte conjecture,
   L'Orgueil a des autels.   bis.

   Ne croyons pas, habitants de la terre,
Que ses temples sont cachés à nos yeux.
Ils sont ouverts, et dans notre hémisphère.
L'encens y brûle en l'honneur des faux dieux.
Dans nos fêtes où brille la luxure
Nous l'honorons en termes solennels.
   Maître absolu, etc.

   De son parvis il lance à l'opulence
Des traits altiers qui la met sous ses (lois.)
Puis à son char enchaînant l'indigence
Il court, il vole asservir tous les rois.
Dans l'univers, oui, chacun le conjure
Et tout redit, chaumines et castels:
   Maître absolu, etc.

   Auprès de nous il fait sa résidence
Et sans détours se montre à tout moment.
Quand le trépas termine l'existence,
Il vient signer à notre enterrement.
Puisqu'il nous suit jusqu'à la sépulture,
Ces mots, je crois, deviendront immortels:

   Maître adsolu dans mainte conjecture,
   L'orgueil a des autels.   (bis)

L'AVARICE.

Air: *Denis maître d'école à Corinthe.*

Cher Harpagon, j'ai la pensée
De faire aujourd'hui ton portrait;
Si par moi ton ame est blessée,
Le public seul dira si j'ai bien fait.

Sur terre la basse avarice
N'a jamais pu soulager aucuns maux :
Et l'humain sait bien que ce vice
Est le second des péchés capitaux.

On lit d'abord sur ta figure,
Adorateur du dieu Plutus,
Que ton cœur flétri par l'usure
Préfère l'or aux timides vertus.
Mais en vain l'on redit sans cesse,
Quand tu remplis tes coffres, tes caveaux :
Le fol amour de la richesse
Est le second des péchés capitaux.

Par moments, la drôle d'envie !
Tu jure et maudis le métal
Qui fait le charme de ta vie,
Et tu prends l'air d'un homme libéral.
Au moyen de cet artifice
Tu chante au nez de tes nombreux rivaux :
Sachez, Messieurs, que l'avarice
Est le second des péchés capitaux.

Tu pousses même le délire
Jusqu'à jeûner près des écus.
Mais, par pitié, daignes me dire
S'ils te suivront quand tu ne seras plus ?
Car à ton convoi funéraire
J'entendrai dire à tes collatéraux :
Amis, ce qui le met en terre
Est le second des péchés capitaux.

Cher Harpagon, ta maladie
Se gagne, je crois, aisément ;
Il est temps que j'y remédie,
En te donnant un bon médicament.
D'ailleurs là-haut la foudre gronde ;
Aussi je dis, en chantant tes défauts :
L'amour de l'or dans ce bas monde
Est le second des péchés capitaux.

L'IMPURETÉ.

Air: *Riche imprudent.*

Fuyez humains, fuyez cette déesse,
Qui vient vers vous en flattant vos désirs.
Méfiez-vous; sa trompeuse caresse
Cache des maux, de cruels déplaisirs.
Loin de vos cœurs, ah! chassez son image;
Gardez-vous bien de l'écouter jamais,
Car-ici bas sous un charmant visage
L'Impureté vous déguise ses traits.

Pour vous charmer, cette nymphe perfide
Sait emprunter les plus belles couleurs.
Elle revêt un front pur et limpide,
Offre d'abord des sentiers pleins de fleurs.
Dans l'univers son pompeux entourage,
Oui, semble alors exaucer vos souhaits,
Car ici-bas sous un charmant visage
L'impureté vous déguise ses traits.

Faibles mortels, sous la voûte azurée,
Quand votre esprit est soumis à ses lois,
Sa chaîne, hélas! devient pour vous sacrée;
Ce vice affreux devient un de vos rois.
Dès ce monde vous êtes le partage
De ce démon qui rit de vos forfaits;
Car ici-bas, sous un charmant visage.
L'impureté vous déguise ses traits.

L'ENVIE.

Air: *Vive Paris.*

L'affreux démon qui préside à l'Envie
Marche entouré de soupçons, de chagrins;
Son souffle impur, dans le cours de la vie,
Sait de l'humain assombrir les destins.
Sous des masques déguisant sa figure,
De noirs poisons il infecte les cœurs.
Presque toujours au sein de la nature
Il se pare des plus belles couleurs.   (bis)

Tel qu'un serpent, près de vous il se glisse ;
Avec esprit il flatte vos penchants.
En l'écoutant on croit que la justice
Veut sous ses traits dévoiler les méchants.
Il a grand soin de garder sa parure;
Ses mensonges sont tous couverts de fleurs.
  Presque toujours, etc.

  Parfois aussi, selon la circonstance,
Il se couvre dés traits de l'amitié.
Votre intérêt, inspirant sa prudence,
Lui fait donner un conseil de pitié.
Sa voix douce colore le parjure,
Et vous croyez à ses serments trompeurs.
  Presque toujours, etc.

  Quand il a bien exercé ses ravages,
Que tout connaît vos sentiments jaloux,
Sa main alors écarte les nuages;
Le remords seul s'agite autour de vous.
Fuyez mortels, oh! je vous en conjure,
Fuyez ce vice et ses discours flatteurs.

  Presque toujours au sein de la nature
Il se pare des plus belles couleurs.   (bis)

LA COLÉRE.

Air de la montagne ou je suis né,

L'humain qu'aveugle la Colère
Ressemble aux esprits infernaux;
Car la raison, douce lumière,
Fait place aux instincts animaux.
Voyez sa démarche farouche,
Ses yeux sombres et furieux:
Un son confus sort de sa bouche,
Et semble menacer les cieux.

  Quand il a bien gonflé son ame,
Que son cœur est bien inondé,

Alors le courroux qui l'enflamme
Sort comme un fleuve débordé.
Dans cet état rien ne le touche,
Il brave l'humain et les dieux;
    Un son etc.

Quand sa fureur est apaisée,
Lui même il se maudit tout bas.
Et promet, chose fort aisée,
De mettre un terme a ces éclats;
C'est le serment de Scaramouche,
Aussi fait-il dire en tous lieux :
Un son confus sort de sa bouche
Et semble menacer les cieux.

LA GOURMANDISE,

D'APRÈS UN GOURMET,

Air: *Un Sous-Lieutenant.*

Je suis véxé de voir la Gourmandise
Etre au nombre des péchés capitaux.
Pourtant je crois que chacun s'humanise
Quand sous sa dent passent de bons morceaux.

    Et tic, toc, tin, tin, tin,
    Noyons donc le chagrin
    Et tic, toc, tin, tin, tin,
    Fêtons le Dieu du vin.

Joyeux gourmets, je vois la malveillance
Nous appeler gens à triples mentons;
Quand nous vidons la corne d'abondance,
On nous traite de ventrus, de gloutons.
    Et tic, etc.

On dit en plus, pour finir l'aventure,
Que notre temps se consume en festins,
Et que le Dieu qui préside au parjure
Sait sous ses lois asservir nos destins.
    Et tic, etc.

Je conviendrai, mais toujours en cachette,
Que ce défaut n'est pas beau, mais très bon.
Et je dirai que l'enfance pauvrette
Préfère au pain le gateau, le bonbon.
    Et tic, etc.

Si loin de lui le roi de l'empyrée
Pour ce péché nous bannit aux enfers,
Du Dieu Comus la personne sacrée
Saura nous suivre avec cent plats divers.

    Et tic, toc, tin, tin, tin,
    Noyons donc le chagrin,
    Et tic, toc, tin, tin, tin,
    Fêtons le Dieu du vin.

LA PARESSE.

Air: *Ce qui plaît à Dieu.*

Quel est ce monstre à la pesante allure,
Qui se promène entouré de pavots,
Et que l'on voit, pour finir l'aventure,
Toujours bercé par le dieu du repos.
Faibles humains, c'est l'antique mollesse,
Qui dans ses rets tient cent peuples divers.
Chrétiens, payens, encensent la Paresse,
Et tout l'adore au sein de l'univers.

Dans nos esprits sa funeste influence
Répand souvent une douce langueur,
Et le mortel qui vit sous sa puissance,
Ne faisant rien, croit trouver le bonheur.
Pourtant l'ennui vient l'obséder sans cesse;
Mais il vous dit, loin de briser ses fers:
    Chrétiens, payens, etc.

Dans ce bas monde où tout fuit, où tout passe,
Le paresseux, sans fatigues, sans soins,
Voudrait pouvoir voyager dans l'espace,
Et cependant soulager ses besoins.
En vain l'honneur, en vain la faim le presse;

Il vous répète en prose et même en vers:
   Chrétiens, payens, etc.

Nous qui vivons sous une loi divine,
Enfants du Christ, étouffons ces défauts.
Non ! n'allons point flétrir notre origine
En révérant les péchés capitaux.
Qu'autour de nous le démon qui s'empresse
Ne puisse pas aller dire aux enfers:
Chrétiens, payens, encensent la paresse,
Et tout l'adore au sein de l'univers.

RÉFLEXIONS SUR LES SEPT PÉCHÉS CAPITAUX

Air du Retour en France.

Dans sept chansons j'ai taché de dépeindre
Les attributs des péchés capitaux;
Mais en traçant les vices qu'il faut craindre,
Oui. j'ai voulu faire des vers moraux.
C'est le défaut que ma muse chansonne,
Et non l'humain qui s'en trouve aveuglé.
   Vous qui voudrez rire quand je sermonne,
   Corrigez-vous, je serai consolé.

Je vois d'abord, en lisant la première,
Que dans l'orgueil je parle au monde entier.
Pour l'avare, Poquelin de Molière
M'a d'Harpagon dévoilé le métier.
L'impureté, déesse un peu friponne,
Sous de beaux traits tente un cœur désolé.
   Vous qui voudrez, etc.

Tenant en main la corne d'abondance,
D'un vrai gourmand, oui. j'ai fait le portrait,
Et dans l'envie, un démon qui s'avance
Vient déchirer les esprits en secret.
De vains éclats troublent l'air qui résonne,
Le colérique a donc enfin parlé.
   Vous qui voudrez, et .

La dernière se présente à ma vue ;
Je vois alors une divinité,

Qui, de pavots très amplement pourvue,
Marche en vantant partout l'oisiveté;
Mais je ne suis écouté par personne;
Mon souvenir déjà s'est envolé.

Vous qui voudrez rire quand je sermonne,
Corrigez-vous, je serai consolé.

L'INSOMNIE.

Air des feuilles mortes.

Le doux sommeil me fuit, fuit loin de ma paupière ;
Morphée agite ailleurs ses paisibles pavots.
Souvent, souvent la nuit pour moi s'écoule entière,
Sans que je puisse, hélas! goûter quelque repos;
Et dans l'obscurité c'est en vain que j'implore
Le génie enchanteur qui préside au sommeil.

Quand je pourrais dormir, la matinale aurore
Annonce dans les cieux le retour du soleil,
Annonce dans les cieux (bis) le retour du soleil.

Alors quand l'aube brille, il faut quitter la couche
Où l'insomnie a su tenir mes yeux ouverts;
Et pour gagner le pain que réclame ma bouche
Ma main va s'ocupper de cent travaux divers.
Mais tout en travaillant mon cœur redit encore :
Oui je sens de la mort le funèbre appareil.

Quand je pourrais etc.

Porté par l'aquilon le trépas qui s'avance,
Va terminer les maux que je souffre ici-bas.
Bien loin de regretter cette triste existence,
Gaîment vers le tombeau je dirige mes pas.
Bercé par les zéphirs et dans les bras de Flore
Ma voix ne dira plus au moment du réveil:

Quand je pourrais dormir, la matinale aurore
Annonce dans les cieux le retour du soleil,
Annonce dans les cieux (bis) le retour du soleil.

LE CHANSONNIER DU PARNASSE.

Air; *Les gueux, les gueux.*

Un chansonnier plein d'audace,
Qui trébuche à chaque pas,
Voudrait s'asseoir au Parnasse,
Mais l'écho lui dit tout bas :

Tes vers, tes vers,
Sont faits de travers,
Et tout l'univers
Siffle tes vers.

De pitié lorsqu'il fait rire,
Vous voyez le pauvre auteur
S'imaginer qu'on l'admire,
Quand chacun répète en chœur :

Tes vers, etc.

Si la critique l'offense,
Il répond avec dédain,
Que c'est l'habitude en France
De dire à maint écrivain :

Tes vers, etc.

Habitants de ce bas monde,
Si vous blâmez ma chanson,
Chantez sur terre et sur l'onde,
Chantez tous à l'unisson :

Tes vers, tes vers
Sont faits de travers,
Et tout l'univers
Siffle tes vers.

E. FREMANGER.

Rouen. — Imp. veuve A. SURVILLE, rue des Bons-
Enfants, 46-48.

CHANSONS

Nouvelles

ET INÉDITES,

PAR

ÉDOUARD FREMANGER,

De Louviers (Eure).

La Nymphe du jour de l'An.

Air de la *Lisette de Béranger.*

Pleine de grâce et de jeunesse,
Une beauté s'offre à mes yeux,
En la voyant je crus qu'une déesse
Pour les mortels abandonnait les cieux;
Parlant alors à mon âme étonnée,
J'entends l'écho répéter à son tour:
Humains, je suis la Nymphe de l'année
Dont vous aller fêter le premier jour.   (Bis.)
    Je marche sur des fleurs,
    Et soudain ma présence
    Ranime l'espérance
    De tous les confiseurs,
    Je dicte en abondance,
    Aux courtisans trompeurs,
    Ces compliments flatteurs (Bis.)
    Qui sont, dans bien des cœurs,
    Des vœux de circonstance.

En tous lieux on se fait visite,
De la ville on court dans les champs,
Puis l'on s'embrasse et l'on se félicite,
Tels sont les us, les modes du vieux temps;
Je plais surtout, oui je plais à l'enfance,
Car, dans ce jour, je comble ses désirs:
Cadeaux, bonbons, tout vien ten abondance
Lui rapppeler le règne des plaisirs. (Bis)
    Je marche, etc.

Je plais encore aux domestiques,
Aux ouvriers et aux commis,
Et des marchands dont j'emplis les boutiques
Je suis fêtée alors en tout pays;
Beaucoup d'humains, pour avoir des étrennes,
Vont affronter la boue et les frimas,
Ei bien souvent pour aggraver leurs peines,
Que de portes pour enx ne s'ouvrent pas. (bis.)
  Je marche, etc.

Sous les cieux ma fête banale,
Mortels, a toujours existé,
Chez les Romains, l'antique saturnale,
 A l'esclave donnait la liberté; .
Ce jour divin vivait dans sa pensée,
Car il voyait alors tomber ses fers,
J'étais pour lui l'unique panacée,
Et je pouvais dire dans l'univers : (Bis.)
  Je marche, ete.

LA FÊTE DES ROIS.

Air : *Ronde de la ferme et du château.*

Aujourd'hui, des rois c'est la fête,
Entonnons un joyeux refrain,
Et, sans trop nous creuser la tête,
 Chantons avec le genre humain:
En ce jour, oui, la gaîté brille,
Dans nos coupes le vin pétille,
Bacchus amène les plaisirs;
J'entends dire à mainte famille :
Bacchus amène les plaisirs,
Et vient combler tous nos désirs.

Secondant le dieu de la treille,
Comus vient découper nos mets,
Et chacun célèbre à merveille
Ces dieux aimés par les gourmets;
Un gâteau, par la compagnie,
Se tire avec cérémonie.
Bacchus amène les plaisirs,
Un·roi naît, c'est l'Epiphanie,
Bacchus amène les plaisirs
Et vient combler tous nos désirs.

Du Sauveur l'heureuse naissance,
Annoncée à des rois pasteurs,
Voilà quelle est la circonstance,
Voilà quels furent les auteurs ;
De cette charmante journée
Qui nous fait chanter chaque année.
Bacchus amène les plaisirs,
Amis l'époque est fortunée,
Bacchus amène les plaisirs
Et vient combler tous nos désirs.

A leur mort, suivant la chronique,
Ces princes, placés dans les cieux,
D'après le livre évangélique,
Se montrent toujours à nos yeux ;
Contemplons là-haut leurs images,
Et répétons dans tous les âges :
Bacchus amène les plaisirs,
Trois étoiles sont les trois mages,
Bacchus amène les plaisirs
Et vient combler tous nos désirs.

LE CARNAVAL.

Air : *Bon voyage, cher Dumolet.*

Joyeux amis, près d'une table rende,
Que la gaîté préside à nos repas,
Que du plaisir la liberté féconde
Signale encor le jour du Mardi-Gras ;   (Bis.)
Sous les drapeaux de la gaîté,
Gai carnaval inspire l'allégresse,
Sous les drapeaux de la gaîté,
Dieu comique, buvons à ta santé.

En célébrant le dieu de la cuisine,
En dégustant le vin de nos coteaux,
N'oublions pas ce grand dieu qui chemine
En agitant son bonnet de grelots.   (Bis.)
Sous les drapeaux, etc.

Déguisons-nous, car déjà sur la place,
Je vois sauter un bizarre arlequin,

Je vois encor un comique paillasse,
Un vrai Mayeux, un pierrot, un carlin.   (Bis.)
  Sous les drapeaux, etc.

Nos rangs grossis d'une foule nombreuse,
Que le plaisir appelle parmi nous,
Dirigeons-nous vers l'enceinte joyeuse
Où les masques se donnent rendez-vous.   (Bis)
  Sous les drapeaux, etc.

Que pour doubler l'hilarité commune,
On puisse voir les dieux de nos aïeux,
Que Jupiter, Apollon et Neptune
Se mêlent tous à nos types joyeux.   (Bis)
  Sous les drapeaux, etc.

Dans ce charmant et joyeux sanctuaire,
Le carnaval, ce monarque mondain,
Sous la cendre, son urne funéraire,
Disparaîtra pour vivre l'an prochain.   (Bis.)
Sous les drapeaux de la gaîté,
Gai carnaval inspire l'allégresse,
Sous les drapeaux de la gaîté,
Dieu comique, buvons à la santé.

LES POCHARDS.

Air : *A soixante ans il ne faut pas remettre, etc.*

Fameux buveurs, enfants de la folie,
Pourquoi noyer la raison dons le vin ?
Votre méthode est loin d'être jolie,
Dans les ruisseaux vous barbottez enfin.
Bacchus, en vain, dans ces moments d'ivresse,
Rend vos esprits joyeux et babillards.
Vous montrez-vous, votre folle allégresse
Vous fait donner le grand nom de pochards.

Grand saint Lundi, les enfants de la treille,
Oui, te consacre au culte de Bacchus,

Et maint Silène, à la face vermeille,
Marche, en traînant la fille de Vénus.
Sur le pavé vois ce couple débile
De Priape traîner les étendards,
Entends chanter aux enfants de la ville :
N'as-tu pas vu là-bas ces deux pochards ?

Pour vous peindre les buveurs en goguette,
Figurez-vous les fous de Charenton,
L'un se culbute, embrasse une fillette,
Ou bien la prend en monsieur de haut ton.
A chaque instant l'autre bat la muraille,
Brise une glace ou d'ambulants bazars,
Et, dans la rue, à tout moment il braille
Une chanson en l'honneur des pochards.

Dans les chemins parsemés de tavernes,
Prêtez l'oreille aux hymmes de Bacchus,
Ses sectateurs content des balivernes,
Font retentir de nombreux orémus;
Vous les voyez dans les places publiques,
Au coin des murs dormir de toutes parts,
La garde vient, et en termes techniques,
Aux violons vont coucher les pochards.

LE SONGE.

Air de la *Balançoire*.

Dormant hier sur une chaise,
Où j'éprouve bien des ennuis,
Dieu! je croyais!... quelle hypothèse,
Passer mes jours au sein des nuits ;

L'écho disait : Pour finir ta carrière,
Un noir bandeau va te cacher le jour,
Fais tes adieux à la douce lumière,
Car je te vois aveuglé par l'amour.

Penché sur moi, le noir génie
Qui préside aux songes trompeurs

Sut prolonger mon agonie
Et faire alors couler mes pleurs.
   L'écho disait, etc.

Passer ainsi mon existence
Sans pouvoir seul faire deux pas,
Sur la terre quelle souffrance,
Plutôt, ah ! plutôt le trépas !
   L'écho disait, etc.

L'aube paraît, je me réveille,
Et je vois fuir l'obscurité;
Lors, le démon à mon oreille.
Me répète par charité :
   L'écho disait , etc.

L'EXISTENCE SUR LA TERRE.

Air de *Jenny l'Ouvrière*.

Adieu, printemps, adieu, douce jeunesse,
La faux du Temps vient blanchir mes cheveux;
Fuyez, amours, la voix de la sagesse
Me répète que je suis déjà vieux.
Aussi je dis en chantant l'allégresse,
Qui dans un temps sut animer mes jeux :
Nous éprouvons sitôt notre naissance,
   Beaucoup de maux et peu de bien;
Quand le trépas termine l'existence,
   Notre corps n'est plus rien.   (Bis)

Puissants du jour, ô vous, grands de la terre,
Tout ce qui vit est certain d'une fin,
Malgré votre or vous deviendrez poussière,
Tels sont pour vous les arrêts du destin ;
C'est dans la tombe à notre heure dernière
Que Jéhovah. nous rend égaux enfin,
Nous éprouvons, etc.

Humains voilà, voilà la loi commune,
Et sous les cieux nous voyons chaque jour,

Oui, nous voyons une foule importune
Sortir de terre à la voix de l'amour ;
Ce dieu survit, la gloire et la fortune,
Dans ce monde s'effacent tour à tour.
Nous éprouvons, etc.

Fêtons le vin, fêtons surtout les belles,
Quand nous vivons sous la loi des zéphirs ;
Mais en rendant nos chaînes éternelles,
Gardons-nous bien de pousser des soupirs ;
De chants joyeux, animons les tonnelles,
Et répétons dans le sein des plaisirs :
Nous éprouvons, etc.

La Feuille de Route.

Air : *Bon Voyage, cher Dumolet.*

Dans ma poche j'ai la feuille de route
Que le trépas nous délivre gratis:
Dans ce pays, où certe on ne voit goutte
Je vais aller retrouver mes amis.   (Bis.)
  Au vieux nocher je vais sans peur
Dire : Caron, m'admets-tu dans ta barque ?
  Au vieux nocher je vais sans peur,
Dire : Caron, prends-tu ce voyageur ?

La vie à fui, près du Styx j'arrive,
Là je ne vois ni barque, ni nocher ;
Lors, je me dis : Explorons cette rive,
En attendant qu'il vienne me chercher.   (Bis.)
  Au vieux nocher, etc.

Mais las enfin de parcourir la plage,
Vers le portier je dirige mes pas,
Pour contempler sur le sombre rivage
Tous les humains qu'y conduit le trépas.   (Bis.)
  Au vieux nocher, etc.

Sur aucuns fronts je ne vois de couronnes,
Minos proscrit tous les titres pompeux,
Et j'entends dire à toutes les personnes :
Grands et petits sont égaux en ces lieux.   (Bis.)
    Au vieux nocher, etc

Caron paraît, à son bateau je vole.
Mortel, me dit l'avare nautonnier,
Avant d'entrer, montre-moi ton obole.
Je lui réponds en donnant un denier.   (Bis.)
    Au vieux nocher, etc.

La Faux du Temps.

Air : *Contentons-nous d'une simple bouteille.*

Fils d'Uranus, dans ta course rapide,
Pourquoi viens-tu te montrer à mes yeux;
Toi qui toujours de ta faux homicide
Frappes l'humain en volant dans les cieux;
A tes côtés l'aveugle destinée
Vient nous dicter les arrêts chaque jour,
Aussi je dis au bout de la journée:
Songeons-y bien, le temps fuit sans retour.

Passons, mortels, gaîment notre jeunesse,
La vie est courte et dure peu d'instants,
N'attendons pas que l'aguillon nous presse
Pour profiter des plaisirs du printemps.
Sous les glaçons quand l'âme est enchaînée,
On ne peut plus fêter le Dieu d'amour,
Aussi je dis au bout de la journée:
Songeons-y bien, le temps fuit sans retour.

Le monde entier reconnaît sa puissance,
D'un pôle à l'autre il moissonne l'humain,
Auprès d'Eole il fait sa résidence,
Et tout périt par un coup de sa main.

A son pouvoir la terre abandonnée,
Oui, se ressent de son triste séjour,
Aussi je dis au bout de la journée:
Songeons-y bien, le temps fuit sans tour.

D'un vol rapide il parcourt la nature
En opérant de nombreux changements;
Il engloutit, il élève, il assure
Tous les états et tous les monuments,
Sa course, hélas! n'est jamais terminée,
Car tout doit naître et mourir à son retour.
Aussi je dis après chaque journée:
Songeons-y bien, le temps fuit sans retour.

La Révélation d'amour.

Air des *Chevilles de maître Adam*.

Du Dieu puissant qui règne dans Cythère
Je méprisais les traits et le carquois,
Je ne rendais aucun culte à sa mère,
Il tend son arc, et je suis aux abois;
A la belle dont mon âme est ravie,
Ma voix redit, le soir et le matin:
Que tes décrets disposent de ma vie,
J'attends de toi l'arrêt de mon destin.

Par la beauté l'amour dompte mon âme,
Par tes beaux yeux je perds la liberté,
O daigne, alors, daigne croire à ma flamme,
Qui me ravit mes chants et ma gaîté,
Et que ta bouche, ô charmante Sylvie,
A mes tourments vienne mettre une fin,
Que tes décrets disposent de ma vie,
J'attends de toi l'arrêt de mon destin.

Si Cupidon, cruel dans sa colère,
Portait ton cœur à refuser mes vœux,
Prête l'oreille à ma triste prière,
Qui te redit, en parlant de mes feux:

Par tes attraits ma raison poursuivie
Ne répète que ce charmant refrain:
Que tes décrets disposent de ma vie,
J'attends de toi l'arrêt de mon destin.

LES AUTELS DE L'AMOUR.

Air: *Ronde du camp du grand pré.*

Dans la fleur du bel âge
On révère l'amour,
A la ville au village,
Tout le fête à son tour;
Son temple est la nature
Ses prêtres les mortels, (bis)
Et chacun, je le jure,
Encense ses autels.

Dans la verte prairie,
Dans les salons pompeux,
Sur l'herbette fleurie,
Et dans les bals joyeux,
Sa flamme douce et pure
Dompte les cœurs cruels, (bis)
Et chacun, je le jure,
Encense ses autels.

De son souffle il féconde,
Il peuple l'univers,
Il domine dans l'onde,
Il règne dans les airs,
Au loin l'écho murmure
Ces accents immortels: (bis)
Oui, chacun, je le jure,
Encense ses autels.

Quand nous quittons la terre
Pour monter dans les cieux,
Cupidon, je l'espère,
Vient seul ouvrir nos yeux,

Présentant pour clôture
Des amours éternels,   (bis)
Lors chacun, je le jure,
Encense ses autels.

COMPARAISON DU CHRÉTIEN ET DU PAYEN.
Air d'Aristippe.

Toi qui du haut de la voûte azurée,
Vois chaque jour les excès des mortels,
Et qui les vois souvent dans Césarée,
De leurs amours profaner tes autels;
Refrain: O Dieu puissant, quand ta juste colère
            Voudra punir enfin tous nos mépris,
            Dans tes temples, dans ces lieux de prière,
            Ne souffre plus qu'on parle de Cypris.

A l'église, pendant, la sainte messe,
Ciel! qu'entend-on, et que voit-on toujours?
Les vains discours, les ris de la jeunesse
Qui vient montrer sa grâce et ses atours.
    O Dieu puissant, etc.

Au lieu d'offrir au roi de la nature
Un hommage digne de ses bienfaits,
L'humain redit, d'une bouche parjure,
De faibles vœux qui ne se font jamais.
    O Dieu puissant, etc.

Nous offensons tous Dieu par nos paroles,
Et les payens, pour confondre nos yeux,
Ne troublent pas, par des discours frivoles
Le sacrifice offert à leurs faux dieux.
    O Dieu puissant, etc.

LE DERNIER VŒU D'UN MOURANT.
Air: *Muse des bois et des accords champêtres.*

Le trépas vient terminer ma carrière,
Oui, pour toujours il vient fermer mes yeux,

Adieu, soleil, adieu, douce lumière,
Et vous, amis, recevez mes adieux.
Tel qu'une fleur que la faux a meurtrie,
Je vois déjà s'éteindre mon flambeau,
Sur ma tombe, gravez je vous en prie:
O vous, passants, priez sur ce tombeau.

Vous m'abusez, vous parlez d'espérance,
Et vous trouvez que je vais beaucoup mieux,
Oui je vais mieux, car dans peu ma souffrance
Aura cessé, je serai dans les cieux;
Mon âme alors, mon âme tant flétrie,
Ira revoir son antique berceau;
Sur ma tombe, gravez, je vous en prie :
O vous passants, priez sur ce tombeau.

Adieu, pays, séjour de mon enfance,
Adieu, beaux champs qu'anime le plaisir,
Adieu, bosquets, adieu donc, belle France,
Où tout renaît au souffle des zéphyrs:
Le paradis m'offre une autre patrie
Où brille un jour et plus pur et plus beau;
Sur ma tombe, gravez, je vous en prie,
O vous, passants, priez sur ce tombeau.

Oui, c'en est fait, à mes maux je succombe,
Mais l'esprit saint a dessillé mes yeux ;
Pour mon corps seul je réclame une tombe,
Le feu divin remontant dans les cieux;
Adieu, parents, adieu, France chérie,
En vous quittant je redis de nouveau:
Sur ma tombe, gravez, je vous en prie:
O vous passants, priez sur ce tombeau.

Rouen.—Imp, V° Surville, rue des Bons-Enfants, 46.

RECUEIL

DE

CHANSONS

NOUVELLES

ET INÉDITES.

PAR ÉDOUARD FREMANGER,

De Louviers (Eure).

LE RETOUR DE L'AIGLE.

Air: *Français, je vous supplie, gardez mon souve...*

D'un conquérant rappelant la mémoire,
Oui, l'aigle altier s'élève dans les airs ;
Nouveau messie amené par la gloire,
Il reparaît au sein de l'univers.
Son seul aspect sait enflammer la France.
De l'empereur tout bénit l'héritier,
Car maintenant nous avons l'espérance,
A nos moissons d'unir quelque laurier.

    Sous la voûte des cieux,
    La muse de l'histoire
    Répète, on peut m'en croire,
    Des refrains glorieux.

Jadis cet aigle a parcouru le monde,
A la victoire il guidait nos soldats,
On le craignait sur la terre et sur l'onde,
A cette époque il aimait les combats.
Pendant longtemps seul il lança la fo dre,
Et fut admis à l'immortalité,
Vingt rois en vain ont cru le mettre en po dre;
Il sera cher à la postérité.

    Sous la voûte, etc.

Tel que Phénix, il renaît de sa cendre,
A nos regards il se montre en ce jour;
Du ciel enfin puisqu'il daigne descendre,
Entourons-le de respect et d'amour.
Toi, noble enfant d'une race chérie,
Qui sut combler la France de bienfaits,
Poursuis ta tâche, et toujours la patrie
Saura redire en conservant la paix :

Sous la voûte, etc.

LA CHAUVE-SOURIS.

Air *des Louis d'Or.*

Je vois la terre ranimée
Renaître au souffle des zéphirs;
De parfums la brise embaumée
Va rappeler tous les plaisirs.
Le violon et la musette
Se font entendre dans les champs ;
On dit en dansant sur l'herbette :
Fêtons le retour du printemps ;
Phœbus rend le temps moins humide,
La chauve-souris chaque soir,
Fendant l'air d'une aile rapide,
Nous remplit d'un nouvel espoir.

Suivant les décrets de Pomone,
L'arbre va se couvrir de fleurs;
Dans les jardins Flore qui trône,
Montre aux yeux de vives couleurs.
Le rossignol dans le bocage,
Entonne les plus doux concerts,
Il célèbre dans son langage
Le Dieu qui régit l'univers.

Phœbus, etc.

Pendant l'été, dans la soirée,
Elle circule autour de nous,
Pour la jeunesse elle est sacrée,
Car c'est l'heure du rendez-vous.
Respirant le frais sous l'ombrage,

L'amant parle de ses amours,
L'oiseau redit dans le feuillage :
Humains profitez des beaux jours.

Phœbus, etc.

Chauve-souris, chère à ma vue,
De ton trou quand tu ne sors plus,
L'hiver d'une course imprévue,
Vient glacer nos membres perclus;
Mais si le temps qui fuit sans cesse
Nous laisse vivre quelques mois,
Nous pourrons avec allégresse,
Répéter encore une fois :
Phœbus rend le temps moins humide,
La chauve-souris chaque soir,
Fendant l'air d'une aile rapide,
Nous remplit d'un nouvel espoir.

LE CHANT DES INDIENS FUGITIFS.

Air à faire.

Alerte amis, fuyons dans la montagne,
Abandonnons ces champs et ces vallons;
Quittons, quittons cette verte campagne.
Voyez là-bas, ces affreux tourbillons.
Les castillans cachés dans le nuage,
Que leurs coursiers élèvent jusqu'aux cieux,
Oui, vont bientôt se montrer à nos yeux :
La fuite est donc notre seul partage.

CHŒUR.

Dieu des indiens, grand Dieu de la nature,
Daigne sauver tes enfants malheureux :
Ne permets pas qu'ils servent de pâture
Aux chiens gloutons que l'on lance contre eux

Pour éviter un pénible esclavage,
Pour nous soustraire aux flammes des bûchers,
Des bois épais nous recherchons l'ombrage,
Nous nous cachons dans d'abruptes rochers:

Au tigre enfin disputant sa tanière,
Dans des déserts, oui, nous passons nos jours
Adieu les temps chers au Dieu des amours,
Les noirs soucis ont notre vie entière.

Dieu, etc.

Un fier vainqueur rit de notre faiblesse,
Nous appelle vil rebut des humains;.
Dans ce bas monde il vante sa noblesse,
Et de son Dieu la foudre est dans ses mains
Contre les feux lancés par son tonnerre.
Nos javelots, nos traits sont impuissants,
Nos bras alors deviennent languissants,
Et nous restons captifs sur cette terre.

Dieu, etc.

L'air retentit, au loin l'écho résonne,
Femmes, enfants, allons, pressez vos pas;
Déjà sur nous l'éclair part, le ciel tonne,
C'est le signal, le signal du trépas.
Sur la tribu si le tyran domine,
Adieu nos bois, nos rochers et nos fleurs,
Pour mettre un terme à nos vives douleurs.
Oui, nous irons mourir dans une mine.

CHOEUR.

Dieu des indiens, grand Dieu de la nature.
Daigne sauver tes enfants malheureux;
Ne permets pas qu'ils servent de pâture
Aux chiens gloutons que l'on lance contre eux

LA SAINT-VIVIEN.

Air : *V'là ce que c'est d'aller au bois*

Mes chers amis, à mon avis,
Le plus grand saint du paradis,
Le saint dont on aime la fête,
Nous trouble la tête,
Car le vin s'apprête,
A baptiser tout bon chrétien.
Vive le grand Saint Vivien.

Ce bon saint, assis dans les cieux,
Charmera toujours tous les yeux,
Car c'est en vidant la bouteille,.
    Qu'on fête à merveille,
    Les saints sous la treille;
Aussi je chante en bon chrétien:
Vive le grand Saint Vivien.

    A la fête de ce patron,
Je vois le buveur bon luron,
Engager jusqu'à sa chemise,
    Se mettre en commise,
    Dire avec franchise,
Moi j'ai tout vendu, nom d'un chien !
Vive le grand Saint Vivien.

    A la côte on monte en chantant,
On descend en se culbutant.
On a fait la noce complète,
    On a poche nette,
    Et l'humeur bien faite;
On a pris Bacchus pour soutien,
Vive le grand Saint Vivien.

    J'oubliais qu'après le repas,
Quand on a rincé tous les plats.
A l'appel de la clarinette,
    On fuit la guinguette,
    On court sur l'herbette,
Où chacun danse mal ou bien,
Vive le grand Saint Vivien.

    Pendant huit jours nous y voilà,
Un chacun fait ce métier-là;
Ensuite on boit dans la semaine
    De l'eau de fontaine
    Au lieu de suresne,
On a du pain sec pour tout bien,
Vive le grand Saint Vivien.

    Pour huit jours de bon, en un mot,
Pendant quinze on croque le marmot.
Mais qu'importe dans notre France

Cette pénitence,
Quand l'abondance,
Fait chanter à tout bon chrétien :
Vive le grand Saint Vivien.

CHANT DE GUERRE DES NORMANDS
A LA BATAILLE D'HASTINGS.
Air *du Chant de Roland*.

Nos pieds foulent les champs bretons,
Qui vont bientôt changer de maîtres;
Au nom de Dieu nous combattons,
Et Dieu saura punir les traîtres.
Guerriers, autour de ce drapeau,
Que chacun élève sa lance,
Ici pour trouver son tombeau,
Je vois l'ennemi qui s'avance.

CHOEUR.

Compagnons, volons aux combats,
En chantant l'hymne de la gloire;
Guillaume et Mars guident nos pas,
Sur le chemin (bis) de la victoire (bis).

Nos pieds foulent les champs bretons.
Malgré la fureur de Borée,
Qui pour sauver ses rejetons
Sut joindre l'onde à l'Empyrée;
Le Christ guidait nos matelots,
En permettant cette tempête;
Grâces à lui. vainqueurs des flots.
Nous sommes dans notre conquête.
Compagnons, etc.

Nos pieds foulent les champs bretons,
Déjà partout la renommée,
A publié dans leurs cantons,
Que notre flotte est consumée,
Que le descendant de Rollon,
En débarquant, heureux présage !
Tombe à genoux dans le vallon,
Ressaisit son héritage.
Compagnons, etc.

Nos pieds foulent les champs bretons;
Et des cohortes téméraires
Osent dire : Normands, luttons,
Voici, voici vos adversaires.
Nos fiers aïeux, sur des lauriers,
Ont toujours bercé notre enfance,
Et dans peu ces faibles guerriers
Eprouveront notre vaillance.
      Compagnons, etc.

Nos pieds foulent les champs bretons;
Je vois au temple de mémoire.
Entourés de brillants festons,
Nos noms vivre couverts de gloire.
L'histoire à cent peuples divers,
Rappelant celui de Guillaume,
Fera souvenir l'univers
Qu'il a conquis un beau royaume.
      Compagnons, etc.

Nos pieds foulent les champs bretons;
Dans l'air la trompette résonne,
Les preux, les saints que nous fêtons,
Tressent pour nous une couronne.
Couvrons-nous de nos boucliers,
Marchons, enfants de Normandie,
Archers, fantassins, chevaliers,
Répétons cette mélodie.
CHŒUR.
Compagnons, volons aux combat‘
En chantant l'hymne de la gloire,
Guillaume et Mars guident nos pas,
Sur le chemin (bis) de la victoire. (bis)

LA FÊTE DE MON GRAND-PÈRE.

Air : *C'est l'amour, l'amour.*

Enfants, c'est aujourd'hui la fête
D'un grand-père cher à vos cœurs;
Déjà chacun de vous apprête
Des jardins les dons enchanteurs.

Qu'une gaîté folâtre
Vienne animer vos jeux,
Faites retentir l'âtre,
De vos accents joyeux,
Belle source des plaisirs,
        Jeunesse,
Charmante déesse,
Viens sur l'aîle des zéphirs,
Amène les plaisirs.

Frères et sœurs, cousins, cousines,
En ce jour secondez mes chants;
Ah! joignez vos voix enfantines,
Pour former des concerts touchants,
        Et toi muse légère
        Descends du haut des cieux,
        Aide-moi sur la terre,
        A chanter mes aïeux.
        Belle source, etc.

Grand-père, au moins daignez sourire
A quelques uns de nos refrains;
D'ailleurs Momus dans son empire,
N'admet pas de tristes humains,
        Rappelez-vous sans cesse,
        En voyant nos ébats,
        Votre antique allégresse,
        Et répétez tout bas:
        Belle source, etc.

Pour tout cadeau, pour tout hommage,
Nous vous présentons quelques fleurs,
Dont nos mains ont dans un bocage
Mélangé les vives couleurs.
        Des souhaits véritables
        Planent sur nos bouquets,
        Des muses charitables
        Ont dicté ces couplets:
Belle source des zéphirs,
        Jeunesse,
Charmante déesse,
Viens sur l'aîle des zéphirs,
Amène les plaisirs.

INAUGURATION DE LA STATUE

DE

GUILLAUME-LE-CONQUÉRANT

à Falaise.

Air du Tailleur et de la Fée.

(de Béranger),

Ou *d'Angéline de Wilhem.*

Pour contempler l'empreinte glorieuse
Du grand guerrier qui soumit les Bretons,
Falaise voit une foule nombreuse,
Qui se presse dans ses riants cantons:
En ce moment on ne voit rien encore,
Et la statue est cachée à nos yeux,
Mais ses langes, sous la voûte des cieux,
Vont disparaître au lever de l'aurore.
Quand nous verrons tomber ce voile épais, } bis
Découvrons-nous pour admirer ses traits.

Ce preux figure au temple de mémoire,
Il est connu chez cent peuples divers,
La renommée, en parlant de sa gloire,
A cette fête invite l'univers.
Déjà le lin qui cache cette image
A nos regards la découvre à moitié:
L'écho reste fidèle à l'amitié.
Ah ! comme lui répétons cet hommage :
Quand nous verrons tomber ce voile épais, } bis
Découvrons-nous pour admirer ses traits.

Libre bientôt, rayonnant de lumière,
Guillaume semble armé pour le combat,
Et le soleil au bord de sa carrière,
Va réfléchir le bronze avec éclat.
Soudain paraît l'auguste ressemblance
Du grand héros qui guida nos aïeux:
La voix se joint aux sons harmonieux,
L'air est troublé par ce vivat immense.
Quand à nos pieds tombe ce voile épais, } bis
Découvrons-nous pour admirer ses traits

Pour les auteurs de cette apothéose
Le spectateur répète au dénoûment,
Oui, l'on devrait, c'est l'honneur qui l'impose,
Graver leurs noms sur ce beau monument.
Un jour Clio saura bien les écrire,
Les consacrer à l'immortalité;
Vous serez chers à la postérité,
Car grâce à vous, messieurs, nous pouvons dire:
Quand à nos pieds tombe ce voile épais, } bis
Découvrons-nous pour admirer ses traits. }

LA DANSE MODERNE

OU

LE BAL DU RENDEZ-VOUS.

Air *de Paillasse* (de Béranger),

Ou : *Mon père était pot.*

Certain soir pour me divertir,
J'entre par circonstance,
Dans un endroit où le plaisir,
Fait souvent résidence.
Dans ces lieux charmants,
On voit les amans
Danser sous la charmille,
Scottisch et polka,
Valse et mazurka,
Et former un quadrille.

Dans l'hiver quittant le vallon,
Je vois la troupe entière
Aller dans un fort beau salon,
Rayonnant de lumière.
De quelques danseurs,
Sauteuses, sauteurs,
L'allure est peu gentille,
Aussi dans ce cas
Je dis ici bas,
O le plaisant quadrille.

On distingue plus d'un bouffon,
Dans cette foule épaisse,
Un d'eux saute jusqu'au plafond,
Pour montrer sa souplesse,
Faisant à propos,
L'énorme gros dos;
L'autre en singe sautille.
Voilà les portraits,
De nos freluquets,
En formant un quadrille.

Ce bal est le grand rendez-vous
Des lions, des grisettes.
Dames, messieurs sont très jaloux
De brillantes toilettes,
Malgré leurs ébats,
Et leurs falbalas,
Où le clinquant pétille,
On rit de leur ton,
Quand Luc et Gothon,
Prennent place au quadrille.

LE RETOUR A MON PAYS.

Air du Grenier (de Béranger).

Le sort me guide après longtemps d'absence.
Aux lieux chéris où j'ai reçu le jour;
Là d'Apollon je fêtais la puissance,
Jenny paraît, je vais chanter l'amour.
Car dans l'empire où Cupidon domine,
On l'adore comme une déité.
Dieu l'entoure d'une flamme divine,
Gai troubadour, célèbre sa beauté.

En ce beau jour, ô! souvenirs aimables,
De trois dames j'écoutais les chansons:
Leurs gais refrains et leurs voix agréables
Charmaient mes sens par d'harmonieux sons.
Les yeux tournés vers ma belle voisine,
Je maudissais de mes chants l'âpreté.
Dieu l'entoure d'une flamme divine,
Gai troubadour, célèbre sa beauté.

En ce moment les éclats de la foudre
Faisaient au loin retentir les vallons,
L'éclair brillait et plus prompt que la poudre,
Traçait dans l'air de lumineux sillons;
Un de ceux-ci se détache, illumine
Un front charmant qui l'a bien mérité.
Dieu l'entoure d'une flamme divine,
Gai troubadour, célèbre sa beauté.

Je pars demain, oui je m'éloigne encore
De ces beaux champs, séjour de mon printemps.
Muse chérie, ô ! c'est toi que j'implore;
Si par hasard je suis parti longtemps,
Peins les vertus de ma chère cousine,
Redis en plus en chantant sa bonté :
Dieu l'entoure d'une flamme divine,
Gai troubadour, célèbre sa beauté.

E. FREMANGER.

*Ce recueil ayant été déposé, toute reproduction
en est interdite.*

Rouen. — imp Surville, rue des Bons-Enfants, 46.